阳光文库

忽略

HULUE

郭静 | 著

黄河出版传媒集团
阳 光 出 版 社

图书在版编目（CIP）数据

忽略 / 郭静著. -- 银川：阳光出版社, 2021.9
（阳光文库）
ISBN 978-7-5525-6086-2

Ⅰ. ①忽… Ⅱ. ①郭… Ⅲ. ①诗集－中国－当代
Ⅳ. ①I227

中国版本图书馆CIP数据核字(2021)第191432号

阳光文库 · 忽略　　郭静 著

责任编辑　谢　瑞　李媛媛
封面设计　晨　皓
责任印制　岳建宁

黄河出版传媒集团
阳光出版社 出版发行

出 版 人　薛文斌
地　　址　宁夏银川市北京东路139号出版大厦（750001）
网　　址　http：//www.ygchbs.com
网上书店　http：//shop129132959.taobao.com
电子信箱　yangguangchubanshe@163.com
邮购电话　0951-5047283
经　　销　全国新华书店
印刷装订　山东新华印务有限公司
印刷委托书号　（宁）0021834

开　　本　720 mm × 1000 mm　1/16
印　　张　12
字　　数　100千字
版　　次　2021年9月第1版
印　　次　2021年12月第1次印刷
书　　号　ISBN 978-7-5525-6086-2
定　　价　29.80元

目　录

第二辑丨骨头里走动的盐

第三辑 | 遇见另一个自己

第四辑 | 被夜色一一接纳

第一辑

风知道根的秘密

一缕风吹过，熟透的果子摇摇欲坠
它坠落时懵懂无辜地笑
重重地揪疼了我
它丝毫不知成熟包藏的祸心

原 谅

请原谅我避重就轻，又一次
写到幽暗，写到一蓬晃动的蒿草下
不知名的虫子一生的忙碌
它已习惯了风吹草动
习惯了啜饮露水和星光，习惯了
在黑暗的腐殖里保全自己
在喧嚣的尘世之外
它的命运一轻再轻
轻得不发出任何细微的声响
不像我，总是放大内心的疼
以此表达一个人的欲望或自尊

等 待

黑云遮住了阳光，谣言泛滥
你总得等一阵
风过后，还有垃圾需要清理
脓疮需要胀裂
仿佛欢歌，是为了留下更多的寂寞
我们在彼此的挂念里
等待一场坚冰融化
让肆意横流的水，重归于江河
让每一朵凋谢的花
重新回到春天

一只花瓶

很多时候，它空着
它习惯于用空
与某种虚无的欲望对峙
火焰冷却，时光留下的唇印
无需对花承诺什么
没有人做过这样的对比
一束花，一只瓶
两道凛然的光，哪一道比
另外一道更锋利
生命的季节已经枯萎
再清的水，也养不活心乏的植物
花谢了，瓶空了
像风吹散梦幻般的相逢
一只空空如也的瓶子
要么是一种诱惑
要么是对美的刻意拒绝

伤疤

身体上的纪念碑，隐瞒了真相
崇高或者耻辱，勇敢或者懦弱
一块伤疤证明不了什么
在黑夜，有风轻轻地吹
取一块冰敷在痛痒的伤疤上
一些旧事慢慢浮出水面
要么鸡毛，要么蒜皮
在鼓荡的时光中相互纠缠
彼此遮蔽。多年后
爱与恨的疲惫，没有秘密
喧哗散开，像雪像雨又像雾
手心里的温暖一点点消失
你最后的世界，多么辽阔的孤独

担 心

我担心的不是悬崖边的树
不是伸出悬崖的枝条
是枝条上的那枚果子
诱人的光芒摄人心魄
是一缕风吹过，熟透的果子摇摇欲坠
是它坠落时懵懂无辜地笑
重重地揪疼了我
它丝毫不知成熟包藏的祸心
在无底的深渊，在黑暗中
沉默的果核，早已
把这一切
看透

蚂 蚁

天大，地大。蚂蚁的世界
不大。那么多的蚂蚁
在低处奔波
悲伤是一件多么奢侈的事
风要是再大一些，雨要是再猛一点
它们黑色而浪漫的抒情
可能会戛然而止。大地辽阔
只有月光为它们疗伤
我也是其中被忽略的一只
心有所念，命比纸薄
在文字制造的废墟中
偷度半生光阴

擦玻璃

我一遍遍地擦拭玻璃
用湿布擦，用干布擦。哈着气
一寸一寸地擦
不放过任何细小的部位
擦了这一面，再擦另外一面
灰尘退去，水渍消匿
玻璃干干净净地裸露新伤旧痕
这些无中生有的瑕疵
让玻璃的存在更加真实
仿佛一个时代透明的隐私

我把灵魂交给了闪电

写下这个句子
已是深夜
茶水清淡
月光宁静
我把影子靠在墙上
仿佛靠住了整个世界
——是的
我已把马驹交给了草原
把鹰翅交给了天空
把风交给了远方
把灵魂交给了最后的闪电
只有它的霹雳
才能分出清浊，黑白，善恶
才能从陈旧的面具下
拎出一个
活生生的人

忽然哑了口

忽然哑了口。在我经过
城市的斑马线时
失手摔碎了扛在胸前的一大块玻璃
无数的玻璃碴溅落于地
带着尖叫、冤屈和刺眼的光
像蓄谋已久，又惴惴不安
行人小心翼翼，踮起脚尖
仿佛踩着石头过河
三十秒的绿灯，瞬间变红
车轮欲行又止
有人摁响汽笛
有人把手伸出车窗，戳戳点点
在目光的旋涡中
我热汗直冒，手足无措
天空的云像纤尘不染的手帕
透出虚幻的蓝
这时，不知从哪里
来了两个穿橙色背心的人
他们不说话，眼疾手快

把满地的玻璃碴和纷乱的目光
一起清理进垃圾桶……
绿灯再一次亮起
街头的车流人流恢复正常
我右手攥着被玻璃划伤的左指
目送着那两个穿橙色背心的人
隐入街道的另一侧
我忽然哑了口
我恍惚看见街道边
那些沾着灰尘的叶片
正在接受泪水的清洗或侍奉

花喜鹊

很多年后，一棵树会替我
活在世上
也许是一棵白杨或者梧桐
两只筑巢于树杈的喜鹊
早出晚归，形影不离
一只在清晨亮出嗓音
一只在黄昏梳理流云
它们还是多年前的样子
守着风吹雨打的村庄
用嗓音，清洗光阴或风尘

不仅仅是视角问题

一只黑蚂蚁爬上第七层楼
俯视街道上
如蚁的人群
仰望的人
无论怎么看
也不会发现楼顶有一只蚂蚁
正在变幻的光晕中
为自己加冕

午 后

这虚静的光，有着正午之后的
慵懒。树上的果子
慢慢躲进自身的阴影
鸟睡着了，树洞里
探险的蚂蚁陷入神秘的空阔
风是细微的，可有可无
在季节的睫毛上穿针引线
大地仿佛淤积着什么
它呈现的美，从一个人的梦中
又回到美的原点

话 题

把话题省略到最少
最好什么也不要说
把臃肿的肉体安放在尘世之外
在水边，照一照自己疲惫的影子
有些爱，藏在心底能发酵成美酒
有些恨，放下来
让风带走吧。一些话题
说过就说过了，不必重复
不必在多疑的伤疤上
用刀划出新的伤口
有那么一刻，露水战栗
那包裹在露水中的心
也会战栗。仿佛初生

还 原

乌云。闪电。雷鸣。
被暗黑包裹的狼藉四伏的天空
什么样的风
才可以还原遍地星辰
以及大海里深藏的蓝色之梦

地下

埋着白骨。也埋着
一把刀子浑身的锈气
埋着冤魂
埋着黑暗遮蔽不了的光
埋着果核里的秘密
埋着隔世的一滴雨，在深夜
泠泠作响。
我的亲人，怀抱瓦罐
坐在汹涌的土地深处
瓦罐上刻着汹涌的五谷
我是暂时缺失的那一个
迷失在人间，尚未还清
爱的债务

打 磨

一块石头与一把刀子
在黑暗中不期而遇
彼此打磨
一块石头储藏着亿万年的涛声
远比一把刀子更持久
时间和力的较量
遥遥无期
直到刀刃卸下一身的戾气
直到血光流尽
直到一朵美丽的锈斑
飞出蝴蝶的柔情与不忍

一粒石子

黑暗中，许多事物欲言又止——
爱情脱去奢华的黑衣，不再保留
神秘或真相
时间过滤的忧愁，是一张
蜕掉的花斑蛇皮
一粒石子，举着内心缄默的火焰
像黑暗里的行者
它打磨着自己，说不出疲倦
也说不出内心的彷徨
与孤独

山洞里的乌鸦

暮色如水，驮着风尘的乌鸦
穿过时间之门，栖身于山洞
它们卸下疲累和聒噪
像一堆被黑清洗过的炭
沉默，幽暗，安于困顿
风，隐匿于翅尖
体内的火苗安静如豆
在毫不设防的夜晚
它们呼吸，它们安睡
它们在黑夜的中心
默念着内心的文字
仿佛，它们是山洞的一部分
是山洞本身
比山洞更黑，更冰冷
更能容纳这个世上的
漂泊或不幸

黑 夜

火鸟藏匿。激情碎于西风
紧迫的人群四处溃散
一个声音清凉而宁静
充满了某种未知的偈语
像一截废弃的钢管中渗漏的水
滴在阴暗的绿苔上
我们互相搀扶着。
黑暗中，我记住了他
曾经显露在光明里的微笑

搬

把明处的搬到暗处
有时，又不得不把暗处的
搬回明处。为此
我将耗费一生的精力
一些搬不动的，需要蚂蚁替我搬
需要时光或流水替我搬
一生做着徒劳的事情
白天用疲累麻醉自己
夜晚用月光清洗伤口
不堪重负的骨头慢慢弯曲
我又与大地接近了一寸

阳光小区

楼群之间
水泥路面替换了草圃
左边，车鱼贯而入
右边，车列队而出
阳光被一寸一寸挤向边缘
搭在暗旧的木头上
有时在半夜，汽笛会突兀地
响起——尖锐的铁器
切割着夜的黏稠与冰凉
有人被惊醒，又恹恹睡去
有人在房间里走来走去
不时嘀咕着什么
在阳光小区，这些都习以为常
第二天醒来，洗脸，刷牙
在楼梯口，偶尔和人
打着招呼——
一天像是一年
一年像是
某个约定的一天

时光之刃

不断地设置障碍，不断地
试图穿越
这辈子，就把自己耗在这里
挖坑。填坑。再挖坑
最后跳下去
黑暗之中，一缕光线
打磨着时光之刃
爱已经麻木，绝美的风景
消失在想象之外
我是自己的对手
在时间的栅栏里
驯养血管里的豹子或火焰

风中的草

风丝毫没有歇息的迹象——
一片草，紧挨着另一片草
一遍遍起伏
像一道波涛追赶着另一道波涛
奔向同一个大海
此刻，海面平静
遥远的星辰垂下迷离的幻影
千万根草，在风的蛊惑下
警觉而躁动
仿佛抖着血光的箭矢，密布大地
复活了一场远古的战争
很少有人看见
在汹涌的草海之中
立着一根、两根草的干茎
它们身不由己
在疯狂地摇摆和撕扯中
被风，瞬间卷走

忏 悔

这块撂荒的土地
曾经被阳光和雨水眷顾
疯长的草尖，掠过迅疾的马蹄
我要从头开始
种上爱情与庄稼
种上红豆草、马茨子、沙打旺
种上苜蓿一样的相思
我不为收获坚硬的果实
我只为我的薄情寡义
流下不安而愧疚的泪水

理 由

生活中有好多种理由
说着说着
河水就变浅了
风就跑到另一个地方了
窗帘外的天空
暗了下来
屋内沉淀着时光落寞的碎屑
睡醒就好了
纵然有千万种相似的理由
却没有一个完全相同的日子
让时间停下来
让你的衰老，变成
另一朵花的衰老

半杯水

半杯水——
使透明的玻璃杯更加真实
充满质感。它不晃动
不发出任何细微的声响
它的存在，让一只杯子
在宁静中，独自抽出体内
轻薄的光

阳光下

炫目的阳光。蝴蝶飞舞在
色彩的中央，我无法找见
蝴蝶的翅膀投下的阴影——
一小团意动的愁怨
草地上，一只虫子的慌乱
被谁窥见？它因为遮蔽得太久
而喊不出声

桦 树

这片松林里生长着一棵桦树
它显得另类，独立
它随着风晃动
在雨地里静默
只有在你靠近时，才会看到
这棵疏于表达的白桦
浑身长满了忧郁的眼睛
契合着整片林子
你会觉得
这片林子不同于另外的林子
像同一个尘世
一群人，不同于
另外一群人

河底的石子

河底的石子透过河水看外面时
让人觉得它更像是一枚石子
试想：一枚石子蹲在水底
洪水冲不走它
泥沙淤积不住它
它这么清清爽爽地蹲着时
就再也不是石子了

结 局

有些人不想见到
有些事不愿提及
有些时光，不可挽留
如一把刀子，蚀在自己的锈中
风一吹，化为尘埃
在尘埃的盲区里
仿佛什么也未发生
尘世重，月光轻
一片叶子和无数叶子
它们的命运有什么不同？
像春天里的铁轨
梦里承受的轰鸣与碾压
不同于梦外

虚晃

晌午。洗衣裳
她的右眼皮一直在跳
噩耗传来时，她正直起腰
打算拧衣裳
她还没有来得及用劲
就感到头顶的太阳晃了几晃
她跟着晃了几晃
衣裳上的水滴滴答答，淌了一地
孩子的哭声她听不见了
在簸箕里啄食的麻雀她看不见了
菜地里韭花的香味她闻不见了
她伸出手去，扶了空气一把
一脚撞翻了浑浊的洗衣盆
一个女人灰暗而苍老的影子
瞬间支离破碎
她多想哭出声来
她徒劳地张了张嘴，张了张嘴
没有发出任何声音……
白花花的阳光落了一地

听着秦腔回家的人

晚饭后，我出门散步
马路上
一个收工的男人
骑着旧自行车
从我身旁匆匆而过
他听着秦腔
小小的银灰色收录机
挂在自行车的手把上
华灯初上
夜色如一匹抖开的丝绸
变幻着柔波或魅影
此刻，一定有无数个
像他一样赶着回家的人
身上裹着汗腥和臭气
嘴里哼着秦腔
把走过无数遍的路
又走一遍

孤独之夜

白天的声响在黑暗中发酵
远处，灯火闪烁
一棵树，与另一棵树隔河相望
守着彼此的沉默
也许，某一刻
一个人会仓促离开，留下一个人
独守长夜。炉火将熄
黯淡的影子或长或短
她在梦中侧睡，带着解脱或满足
一朵花独自衰老，蜷曲、倦怠
凋落的样子，是尘世的
一次亮相

现实之一种

相似的楼道里
关门声和开门声是不同的
上楼或下楼的人，内心
阴晴不定。多年后
我还能从时间的罅隙，分辨出
那个裹着方格头巾的中年女人
早出晚归的身影
缓慢，迟疑。几场风过后
地上的残枝所剩无几
几块石头，尚在原地
像是不经意间变换了一下位置
它们的沉默和持重是一致的

不开口

喧哗覆盖着喧哗，冰凉淹没着
冰凉。在尘世的低处
我用一根刺的沉默
拨亮黑暗里的一盏灯
世界的一隅，有花孤芳自赏
我抑郁多年
在声音的旋涡中
我不开口，固守着傲慢与偏见
直到火焰熄灭，灰烬散去
直到风把我的名字
从泥土中，轻轻抹去

思乡的病

离开故乡已经多年
在一个城乡结合的部位
过一种知足常乐的生活
最近，我老是心慌
身体疲惫，食欲不振
去医院化验、体检
各项指标并无异常
深夜一个人抽烟
就听见千里之外的咳嗽
惊飞了雪地上的麻雀
归乡的路已被大雪覆盖
我多想乘着一片雪花回来
让故乡低垂的炊烟味
治好我骨头里思乡的病

说起那场雨

不想说，风吹绿的叶片上
泛起尘世的光泽
不想说一座废墟上建成的花园
独少了一株百合
不想说闪电的背后
霹雳之声敲击着冷漠的夜
不想说，你走后
我空空的酒杯盛不下月光的离愁
我想说的是那场雨
一场突如其来的雨
在黄昏变得淅淅沥沥
我们站在雨中
看池水中晃动的荷花
雨滴溅起的水纹
每一次消散，都为下一次的涌起
预留了空间
我们谁也不说话
但都知道，是这场雨
替我们省去了多余的声音

记 得

风吹走的虚轻，你不记得
但经历的哀思
你要记得
一块铁的沉默和它浑身的锈气
与吐故纳新的生活
格格不入。伤疤依旧红肿
你要记得伤口上弯曲的倒影
及燃烧的盐
徒生的白发，使长夜更长
萤火照亮夜的灰烬
剪不断的愁思
像岁月的裂隙里冒出的草
你要记得落入泥水的浮萍
回不到远方

惊扰

盛宴之后，总会有小小的花絮
在落寞的尘埃被雨水冲洗后
露出真容。我无意猜测
诗歌应是一场缠绵还是风暴
像说一场雨时遇到了一阵风
说一次病中的呢喃时
伸手接住了下坠的鸟巢
说一次失约的旅行时
我正走在黄昏孤独的路上
我没有惊扰过别人，但我一定
惊扰过诗歌。我困守在诗歌之侧
像一个无赖，渴望攫取诗神
偶尔的疏漏或怜悯
我这薄浅之人
只是远远地看了你一眼
就误以为，春天
总会有一朵花，为我而开

向西的列车

一路向西，会到达兰州
从兰州一直西行，可抵乌鲁木齐
这中间隔着酒泉、敦煌、嘉峪关
隔着远古的丝绸和驼铃
由兰州向西南，沿途
可以看到祁连山顶的雪
你要造访的德令哈
早年还是个孤独潮湿的小镇
今夜，德令哈没有雨，也没有月光
有一场沙尘，自西向东
越过废墟中的楼兰古城
正汹汹赶来。它们的速度
远远超过了奔跑的列车

鸟 鸣

一种鸟鸣和另一种鸟鸣
究竟有什么不同?
仿佛打开幽暗的盒子
与季节对着暗号
一花朵，是另一朵花的替身
日子再有阴影
也不拒绝鸟鸣，从隐秘的地方传来
像一滴水落在石板上
溅起清脆的飞翔
高一声，低一声。疾一声，缓一声
这些宿命的符号，落在人间
必有一种与之匹配的命运
证明它存在的意义

绿豆荚

小区门口
有卖绿豆荚的
先是十元二斤
再是十元三斤
十元五斤
绿豆荚越来越贱的时候
是六月末的一个下午
冰雹将牵着豆蔓上的绿豆荚
瞬间砸进泥水里
它躲过了我的口腹之欲
却最终没有躲过
季节
设下的蛊

骨刺

餐桌上
只剩下了鱼头
鱼嘴张着
鱼的眼睛定定地凸起
如果不是盘中那几近完美的骨刺
我还以为，鱼在呼吸
它试图在凌乱的影子中
徒劳地潜伏
或者纵身一跃
葬身于暗黑的水底

风知道根的秘密

先是叶子一片一片
撒手而去
接着是凌乱的枝条
在空中相互抽打
根在缄默
它默许些什么
它拒绝些什么
没有人知道
但风
知道

省略

省略锈斑，不能省略刀刃上的钢
省略浪漫，不能省略月光
省略一树花瓣的凋零，但不能
省略春天。一道河水断流
省略了忧愁，不能省略疼痛
没有人泄露省略的秘密
在风中，沉默的是一些乌黑的金
一个人的姓氏不能省略
骨头内的铁不能省略
省略一根刺，但不能省略犀利
省略绿叶或花瓣，不能省略根
人生下来，就走在通往彼岸的路上
血管里的杂音和马蹄
不能省略

梨花落

这么多的梨花。清白的破碎
的香气，落了一地
让我想到一个词：香尘
眼前香尘铺地
像一道洁白的谶语，让我的脚步
一再变轻，一再变慢
不敢高声语，也不敢忧伤
我用呼吸接纳它们，目送
它们被风吹远，被流水带走
梨花落时我正在路上
我遇见一个忧伤的人
在时光中自省
一片梨花有意落在我的额头
我没有掸，风替我掸下
但丝毫没有减轻春天的重量

藏匿

真正藏匿的事物
我从未见过
在暴风雨来临之前
那些纸片、芦花和羽毛，轻而又轻
很容易让人想到，它们
飘到了该去的地方
所谓藏匿，不过是个托词
在阳光下，在清风里
它们轻飘飘慢悠悠地从眼底滑过
没有惊耽什么
只有自由的轨迹，媲美虚无
闪电也埋在天空深处
只等一声霹雳
就从厚重的云层里抽出批量的
风或者雨
真正藏匿的事物，我从未见过
就像你心底的秘境
从不会向无缘的人打开

风雨桃花

一夜风雨。桃花落了一地
残红并不是
唯一让人哀伤的事
坚硬的现实，有时是陷阱
有时是刀锋，裹着一层锈气
有时是虚妄，耗费一生的
善良和精力
看着你洋洋洒洒，便好
灵魂在天地间舞蹈
看见你时，我的心就轻了
开始像花瓣，后来像蝴蝶
在命定的风雨中
干净地消失
一定有人为你写过泣血的悼词
用一场爱情
成全你一世的约定

纸

空空如也的纸，布下
天大的网
春风几度，吹皱白色的忧伤
一张纸，有时是情话
被灯光或泪滴设计
有时是契约，等着你
签字，画押
有时是废墟
包不住虚妄的火
有时是刀锋，划破麻木的手指
有时成为一堵厚重的墙
横亘在风暴的中央
一张纸，究竟在渴望什么
又拒绝着什么
在被风撕碎之前
它验证着一滴墨的重量
成为深渊中的羽毛，或者
埋在梦中的雷

掌灯的人

不想让灯光彻夜亮着
我需要一些沉淀的黑暗
让月光慢慢渗进来
让白天喧嚣的事物，重新归位
漏出时间的轮廓
让一些杂念，在宁静中发酵
或自生自灭
这样的宽慰，属于黑暗中
独自掌灯的人
他把有限的幸福放大
又把巨大的痛苦，让黑暗
一点一点稀释
夜色均匀地覆盖着众生
不会拒绝任何一个人
在沉沦中清醒

搬运工

一生做一个搬运工——
肩扛，手提，车拉
把东山的日头搬到西山
把左岸的流水搬到右岸
把天空的雪搬到头顶
把影子搬进黑暗
把星辰搬进梦里
把孤悬的命，搬进时间的锁孔
留下多少汗，就能咽下多少苦
唯一搬不走的
是风尘的故乡。不大不小
刚好安放一个人的脐带和啼哭

第二辑

骨头里走动的盐

世界这么轻，一枚落叶
衔着风霜和火焰
砸向大地，不过是一个承诺
对另一个承诺的回应

笼竿城

一片孤寒，未曾走远
再远就是烽火台上的狼烟了

笼竿城下
月光在破碎的陶泥中渗漏
一块石头，内心凝固着火焰或嘶鸣

护城河上的木桥，摇摇晃晃
脱塌的砖石
惊醒了那个靠墙打盹的人

两个南腔北调的货郎
隔着一盅罐罐茶
在烟熏火燎中，用方言交谈

风一吹，草木就深了
鹰翅上白霜点点
一只鸟衔着落日之羽，修补时光之巢

笼竿城，丝路上遗留的标点
被星光认领。它的前世
是一朵风干的梅花

它的今生，沁出水墨的芬芳
其余，皆为时间的
祭品或留白

焉支山

焉支山，一个王朝的支点
千年前，向谁倾斜？

这秘密游走的帐篷
篡改着帝国的呼吸或版图

久远的风声传送着谣曲
在大西凉九曲回肠

银饰轻摇，舞姿曼妙
香尘照亮的男人，醉眼迷离

焉支山，被马蹄煮沸的地方
弯刀上滚过一轮斜月

十万亩草场，蓄精养锐
凛冽的风，遮蔽雄性的天空

马鞭指向胭脂的河流

沐浴的婴儿，已不知去向

你的牛羊散尽，你的子民迁徙
你风噬的头颅长出草的预言

旋 涡

无数只看得见的或看不见的旋涡
被更大的旋涡淹没

身在其中，却
浑然不觉的人
用一生的幸福，作了抵押

肉眼难以分辨的蜜和毒
正在路上
世上的悲剧，有相似的剧情

被时间蹂碾的事物
渐渐枯萎
黑暗中，一滴水认清了自己

起风了

星星在河面上晃动
——起风了

夜半。阁楼上
一个女人在梦中向自己坦白

没有秘密的夜晚
孤独成双

荒野上，一根被忽略的草
在风中独自转身

我们不是先知
无法预知下一场风的走向

西域之地

寂静自枯立的草尖蔓延
废旧的城堡在落日下舔着伤疤

西行的马车，被黄沙
埋住了车毂

一根失散的翎羽
带着风的锯齿，拦截风

一块微微倾斜的黑石
适合晾晒经文

寒暑易节，穿越河西的过客
身影疲惫而散乱

横卧沙场的胡杨
等待一只醉生梦死的鹰

我在祁连山下

准备好帐篷、奶茶和骨箫

你来时，请扶正你的影子
你走时，请带上冷月的银冠

空

一面破鼓。一个被风涨满的兽穴
一根头颅里长出的绿草

一株高高在上的植物
或者飞翔。或者腐烂

一只鸟儿在森林上空哀鸣
它找不到栖息的枝

鹿把自己的角弄丢了
在月光下游荡。鹿把自己丢了

一个人像我，但我
叫不出自己的名字

大地被夜色埋了。灵魂的灯
又把大地照白了

隐身者

人群中，我总是
寻你不见

可我知道，你一定在不远处
冷冷地看着我

因为你，我的孤单
注入太多的盐分

——仿佛这个世界
忽略了所有的隐私或纯粹

一盏灯火，照亮你
远行的路

时间的黑衣人
在黑夜里沐浴，默默祈祷

被影子绊倒的肉身
有着太多的亏欠或荒芜

落叶辞

一匹马在风中越走越远
薄情的时光
谁在清扫大地上枯萎的灰烬

千万条生命的河流
在绿色的手掌上奔涌
爱的源头，是一枚激情的叶子
在黑暗中泅渡受难的王

世界这么轻，一枚落叶
衔着风霜和火焰
砸向大地，不过是一个承诺
对另一个承诺的回应

不过是一块补丁，拥抱
另一块补丁
在它无辜的伤口上
埋下一盏悲情的灯

酒 曲

月光，剑气。十万里风尘云起
美人，江山。断头的谷穗
拒绝媾和的尘埃

只为这柔情的火焰
添一盅豪情，再多的忧愁
也会被薄薄的闪电俘获

英雄不问出处，狗熊
不讲来路。我知道你心中的
小九九。侠骨柔肠——

只为博得红颜一笑
我愿以千里江山，横渡风尘
成为你心中唯一的囚徒

江 湖

碗大的江湖，波诡云诡
能否找一块干净的地方，舔伤
流血。祭奠爱情

一棵树在黑暗中打坐
一把刀子在鞘中潜伏
一滴水隐藏了动荡的身世

刀尖上舞蹈，针眼里跑马
谁命悬一线——
所有的草木心知肚明，保持缄默

没有不散的筵席，我抽身而退
一把冰凉的座椅上
淤积着后半生的疼痛或寂寞

江湖大了，什么鸟都有
森林的宴会使一只蝙蝠受辱
它面壁倒挂，苦练投胎之术

参照

河水绕了好几个弯
像是有意的
把自己放开，又收回来

拐弯处的那棵树，欲言又止
它不是桃树

河水几乎触摸到它
又远离了它

一年，又一年
树的根须，在黑暗中延伸

树与河互为时间的参照
动与静产生距离的默契

水流向远方，树站在原地
守着喧嚣和苍凉

声 音

夜晚。灯光暧昧，街市喧哗
舞者，把夜
当作舞台，恣意宣泄

草丛与树影间，虫声嘈杂
生命在暗处，在被人遗忘的角落
虚度或者衍生

只有一个声音是我的
它来自心的废墟
喃喃自语，寻求自我安慰

时间的灰烬被雨滴淋湿
一个似曾相识的人
在不断的伤害中，心肠如铁

所有的声音在黑暗中隐退
负重的人，卸下刀刃上的光
向生活，做最后的坦白

林中

林中无邪风
幽暗的山洞，残留着
死亡的气息

白雾氤氲
一棵桦树与一棵云杉
在不同的坡度上，相安无事

一根贪恋红尘的草
替白天禳去灾祸，替星辰
清理流光

晃动整个林子的
不是风
是人间秘密的诀别或重逢

没有人听见草的呐喊

它们用沉默
对抗季节的冷漠或喧哗

在风的蛊惑下
一根草，开口说话
千万根草开口说话
汹涌的草海暗伏着声音的旋涡

但没有人听见草的呐喊
它们在睡梦中惊醒
面对一枚循规蹈矩的茶叶
恹恹地睡去

一根草主宰着大地
却被大地忽略。草没有说
草没有轻易戳破
那些被野火照亮的灰烬或赞美

墙头草

本不想以我柔情的骨头，成为你
巧舌如簧的注脚——
偏见，往往先入为主

我累了——我已看惯了你的嘴脸
在一张白纸上，你比谁
都更急于表达蒙羞的身世

仅仅缘于一抔土的聚合离散
缘于一粒草籽被风遗弃
缘于灵魂的根须被泪水复活

守住荒芜的时间和秋风
你依然两手空空。不像我
锈迹一样的悲伤，说来便来

因 果

栽了一棵桃树
结了几枚李子

如果不是亲眼看到
没有人会相信

因为李子苦涩
有人砍掉了树

没有人相信苦难煎熬的汤药
会治愈当下的流行病

树的无辜，在于
有人把树当作了替身

草木恩典

星星在夜空闪烁，遥不可及
仿佛远古的召唤

只有这些草，这些树
像黑暗中的守望者
迎风而立

绿色的火苗，把灰烬和爱
堆满了天空

如果大地薄情，如果我的心
在荒凉的废墟之城
渴望再一次逃离

那守住墓穴的，必定是
看破红尘的一株草木，为我
终止了它一生的流浪

繁华落尽

枝干清瘦，孤单。仿佛
向天空索取什么

宫殿空空荡荡。光影驳杂
无数尘埃纷纷落地

高贵者低下头颅
每一颗头颅里长出相似的杂草

它们同根同源
在黑暗的地下，彼此宽恕

大地上的事物，一如从前
荒凉，干净

未说出的部分

该说的，全说了
未曾说出的部分
我会让它，一辈子烂在肚子里

等我死后，我腐朽的骨质中
会长出一棵开花的树
结出一些坚硬的果实

那未曾说出的部分
就藏在某个果核内

千万颗相似的果子在风中迷离
你如何才能挑出
最疼的那一颗？

低 于

山，低于树
低于一枚落叶的喧哗
我低于一句承诺
低于黑暗里受难的种子
低于星光和海水泛滥时的疯狂

无法再低时
我就和土豆谈情说爱
跟着一只蚂蚁走南闯北
像一滴噙在水管的水
把命运悬空，把尘世遗忘
低处，更低处
有我秘密生长的风暴或墓穴

树的痛

从来没有听见疼痛的树
大叫过一声

它无言地忍住——
在躯干被撞击时
在枝条被折断时
在叶子被秋风捋光时
它忍住没哭。无辜的月光
覆盖着它裸露而冰凉的伤口

一阵风吹过
那些痛像水纹一样扩散
一棵树，站在黑暗中
抽出内心的光芒
在风吹雨打的命运中
它不弯曲，也不喊疼

内心的荒原

虚构的小屋在雨水中破败
一个孤独的人
在无边的荒原游荡

风翻卷着辽阔的孤独
乌云默念着闪电，放不下
内心的沉重

星辰隐匿。枯干的草宁折不弯
十一月的河流带走忧伤
又植下另一个季节的羁绊

这里空无一物，爱情的废墟上
落满灰烬。流浪者
在绝望中贩卖尊严

时间的锈迹噬空了落日的皮囊
葬礼上不期而遇的人
有意把目光错过

鸟鸣如花

鸟在梦境的边缘，口吐芬芳
像花瓣在宁静的黎明乍醒
像雨滴在石板上破碎
我听到人间最纯粹的声音
没有倦意，没有设伏

不一样的鸣叫，含着小小的幸福
或满足。用嗓音清洗风尘
它们是麻雀、燕子或者喜鹊
也可能是洁白的鸽子
衔着橄榄枝，飞向远方

这是声音的晚宴。合欢已经开始
天空和大地，到处是
它们逡巡的影子
鸟鸣如花，流水的琴弦
顺从了自然的旨意

——人间因此变得明亮而温暖

宁静或孤独，是一种奢侈

一块石头，有飞翔的欲望

一根草，内心有一束小小的光

夜色温柔

光顺着草尖流动
树木背弃的病枝，在夜半
突然坠落

一声尖叫被黑夜捧住
时间愈合的伤口
沁出一道浅浅的魅影

蓄谋的事物保守着一个秘密
像我们两个人
目光相撞，又瞬间避开

风沿着河谷后退
爬出石缝的蚂蚁
被一种温软的气息迷醉

白塔的影子在细微地晃动
你一不小心
就陷入荒芜或冥想

提着铜锣的人，在夜色中
逡巡。万物有爱
在星辰与露水之间潜伏

清 寂

不是僵脆的冷撞碎的鸟鸣
不是雨后的街道
空无一人

不是众多的草叶拜伏秋天
独有一枚，在黄昏中
盈盈翘首。不是——

不是围栏里缺少羊咩
村道上不见犬吠，横卧的石碾
被乱草遮蔽

不是突然停歇的风暴
让一个女孩，噤若寒蝉
不是一纸契约，被口无遮拦的风
瞬间撕碎

不是喉咙喑哑，草色枯寂
流过铁锈的水

也流过血光和霉烂

不是一些说辞，被透明的墙
愚弄。不是一片阴云
封锁了所有的天空

——不是。不是一条清浅的河
在我的错觉中咆哮
不是天边的彩云，升起
又落下

在时间的某个点上
卸下欲望的人，被花瓣簇拥
被一片月光解脱

此刻，他清如露水
在明亮的荷叶上轻微晃动
像某种存在，可有可无

一滴水

一滴水是微缩的宇宙
在绵延的神话中，俯瞰苍生

它是母性的，柔软的力量
足以浸透坚硬的岩石

它也是无辜的，被其他的色彩
忽略，并取代

一滴水是小的，低于尘埃
有辽阔的疆域，囊括了生与死

它内心的战栗，从未停止
像风从未停止过吹拂

作为生命的原点，一滴水经受着
万物的膜拜或质疑

它透明，洗刷了人间的污点

却被沾染得声名狼藉

一滴水坠落时，大地诚惶诚恐
保持着巨大的敬畏和虔诚

它溢出一个人风尘苍苍的眼窝
把尘埃砸出一个洞

有时，一滴水消失
是为了验证爱的成色和分量

水货、赝品蒙蔽的尘世
需要透明的水，提取真相

一滴水敛息的风暴
在一个深夜，等待月明

它托举着一颗柔软的心脏
让死亡之途，温暖、洁净

它浸透族谱上咳血的汉字
汇成一条悲悯的大河，滋养众生

油菜花开

天空倒挂着一面蓝色的镜子
油菜花铺满大地
神赐予它阳光的锦缎

六盘山下，花香如此霸道
前庄村像一只迷醉的花篮
装不下七月的雨水或蜜汁

你的呼吸不止于贪婪
大地慷慨，捧出芬芳
侍奉那些南来北往的过客

让他们眼里有光，唇齿含香
梦里有天籁。心底的爱
比尘世的风，略高一些

不要惊扰那只伏在花蕊的蜜蜂
它在万顷光芒中迷失
它需要在黄金的锁链中修炼

心中有片大海

我没有见过大海
我心中有片大海，从未平静过

它的动荡由远及近
波澜声声。它攫紧了我

我成为它的仆从
它扭开了我想象的枷锁

我无法让一片大海，从动荡
回归平静，那深蓝色的苍茫！

它留下的白色泡沫
在沙滩上，幻影一般慢慢消失

我没见过真正的大海
但我也是枕着波涛做梦的人

——一种爱碰触着另一种爱

一种击打回应着另一种击打

大海有黑色的悲悯

我有轻如羽毛的忧伤

第三辑

遇见另一个自己

一块沉默已久的石头

在撞击中，响亮地破碎

惊醒了红尘中的另一个自己

黎明之前

暂时是黑暗的。但能感觉到
那些细微的光的战栗
来自隐忍的万物
一波更比一波直接，迅疾
像一些柔软的念头
经过时间的发酵，呼之欲出

请不要惊扰黑暗中的虫豸
它们惯于昼伏夜出，行踪不定
在光明的背面，为自己
挖坑。一些叶子含着清风
把内心的光芒暗暗放大

黑被黑过滤，清洗
沉淀下来的，是宽恕或疼痛
是隔夜的伤口溃散的红肿
是鸟的喉舌上滑落的动词
是梦卸下了紫色的残骸

此刻，乡村宁静，城市开花
你要等待的某一个人
已经上路——

摆渡者

河水藏着隐秘的慈悲与苦难
摆渡者，坐在秋风里
把自己坐成一块铁

一个渡口，一条船
此岸彼岸，只要尘缘未了
你总会等到那个内心纠结的人

他在欲望的陷阱，马失前蹄
在河流的拐弯处
迷途知返

像一朵花，背弃了对春天的承诺
一个人在远逝的时光中
打捞自己破碎的影子

摆渡者，把自己当给一条河
在命运的渡口
他不是最后一个擦亮黑暗的人

今夜

今夜，风吹空了石头
但吹不散忧伤

有人用哭声与亲人诀别
有人在睡梦中磨牙
楼上的人，猜拳行令
午夜的指针，在虚无中
搬运虚无

我在犹豫的房间里走动
我无法用单薄的诗句
为一个人的一生，配上
恰如其分的旁白

今夜，有风吹过的地方
就有贪恋尘世的泪水或伤口

用声音拨亮那点黑

一团破棉絮在窗外呜咽
冬天依旧那么白
有一点黑，在一个人的内心深处
荡漾

一个人沿河而走
有大喊一声的冲动，他多想
把郁结在心头的那点黑
用声音拨亮

我看见他徒劳地张了张嘴
风一下子灌进嘴里
他缩了缩身子，咒骂着什么
仿佛这样，春天会来得更快一些

炊烟辞

炊烟是乡村最后的根
遍地的草，乡音未改
厮守的花，落满季节的忧伤

该用怎样的方式，祈祷
这越来越浓的遍地乡愁——
五谷，菜蔬，瓜果，牛羊，婴儿的啼哭
一盅酒，一盏灯，一碗清水
一个夜晚的芬芳与宁静
一封家书，一束艾草，半亩月光的安详
一句泪水丰盈的许愿
一次刨根问底的忏悔

我的疼痛减轻一分
你就离我近了一寸，更近了一寸

招 摇

一只乌鸦被夜幕盗去影子
春天柔弱无骨，夭折在
舌尖的蜜汁里

我看着你缘木求鱼，南辕北辙
看着你裙裾的碎花
淹没了星辰。一片黯淡的光
隐于尘埃

你骑着一匹马穿过空空的草原
我躲在一棵草后
看月光的铃铛，碎了一地

空 阔

风持续吹。世间的苍茫，没有界限
季节逡巡的悲苦，落了一茬
又是一茬

那忧郁的蓝，让一个无家可归的人
微醉。三十年河东三十年河西
他的眸子里只剩下一丝寡淡

只剩下宽恕或敬畏
—— 一根草的身世是一个陷阱
不要轻易戳穿

爱你的人，不辞而别
一场大雪纷纷落下
所有的路，没有尽头

林子的悲伤

一个悲恸的人在林子里
放声大哭
命运的宫殿在摇晃，在倾斜

林子昏暗，压低了自身的喧哗
像是在有意倾听
一个人全部的悲伤和不幸

整个夜晚，我听见林子里
传出的呜咽之声
被更远的风，淹没

一个人的悲伤，倒成了
整片林子的悲伤

在水边

几根苇草，顾影自怜
我专注于我的影子，被水波
一再晃动

一颗露珠，在荷叶上来回滚动
我错过了一只蜻蜓
曾短暂地降落到水面

一片白云漂出水底
一条小鱼有一种潜入天空的冲动

在水边。暂时只有我一个人
但我，并不急于
与某一些事物达成一生的默契

磨 刀

我的刀越来越钝
砍不断谣言或闲愁
中年有余闲，足够我重新打磨

撩几滴清水，在石头上磨
蘸几点月光，在命里磨

刀刃锋芒毕露
飞出了梦幻的蝴蝶或闪电

我攥着的刀，此刻像一把新刀
但我再也不能
把青春或爱情挥霍一次

哑剧

一把斧头在时光中生锈
一块树桩
张开了几道深深的裂缝

有时在深夜
似乎听见坎坎的伐木声
一种蓄意的猜疑，使夜色更重

现在，斧头和树桩被丢弃在墙角
它们能否摒弃前嫌
成为一场哑剧中纠结的道具

没有任何彩排
它们仍然配合得天衣无缝

纠 结

暗与明噬咬着时间的齿轮
送客的人，今夜要去远行

他走不出草，走不出风
走不出一朵野菊的忧伤
月光是他唯一的衣裳

雨滴轻敲，雨滴破碎
雨滴让天涯沦落的人
在同一处屋檐下相遇

他柔软的内心，设下千军万马
埋下电光石火
却容不下草木对雨水的背叛

芦草扯住秋风
霜色染白记忆的屋瓦
他的行踪像一朵云，飘忽不定

放下火焰、刀子和绳索
他深陷红尘，在未知的路上沉沦
像一束光被更多的光吞没

炫 舞

月光溃散，一束受伤的茉莉
抱紧自己
十里长风，被薄薄的芬芳
抖开恍惚的缰绳

时光刀刃上的舞者
青春的烈焰吞噬了孤独
一粒果核，在喧嚣的尘埃中
保全了她的清白

不可饶恕的春天，偷窥了
一个女人的秘密
她打开自己，像打开黑暗之门
把蛰伏在体内的蝴蝶
一一放飞

没有灯火的舞台
幻化出一片青草地，云影翩飞
凄艳的玫瑰在夜晚燃烧

爱情芬芳成灰

她是孤独的舞者，也是
自己的观众，是光的部落里
忏悔的孩子。在红尘中
与一根草相亲相爱

另一个自己

一根刺冷不防钻出来
刺伤了我
遭遇过多少次，我总是
好了伤疤忘了疼

我习惯于低头走路
习惯了看人脸色
天空灰暗，一粒沉默的星子
陷入荒芜

在空话面前，我把自己的分贝
一再降低
低于草木，低于尘埃
低到有时连自己也听不清

在黑暗中沉默
压住内心的火苗与疼痛
像一根屈辱的草
从不轻易大喊

沉默久了，心底就有一潭死水
有风也吹不动的忧伤
沉淀着生活的面目与真相

一块沉默已久的石头
在撞击中，响亮地破碎
惊醒了红尘中的另一个自己

野 菜

一群没有姓氏的孩子，在野地里
见风就长。它们的根
是苦的，血
是热的

当星辰坠入尘埃，当断头的五谷
封不住日子的流言与蜚语
那些理云鬓、穿绿裙的女子
款款的忧伤柔软了谁的味蕾？

苦难而仁慈的大地啊——
一条藤在黑暗中喧哗
请不要打碎她心上的露珠
不要让绿汁轻敷的伤疤，集体失忆

在城市的夜宴中
挑剔的胃口被一种野性劫持
并被命名。有种苦涩
是磨砺的锋刃上致命的慈悲

烟 火

——人间的绝唱。

离开你之前，我是一个俗人
用草灰置换生活

有人被刻进石头
有人在风中消匿

你听见的哭声
不仅仅是一个旁观者的告白

蜗 牛

它柔软的身体在青光浮动的刀锋上
缓慢蠕动
世界安静极了

一滴水穿石而过
为一只执拗的蜗牛，制造
浪漫的大海

奔 腾

一匹失群的马，摘下月光的铃铛
陷入苍茫。河水决堤
千万根草埋不住的马蹄
煮沸了远方的星辰

一粒沙磕掉了刀刃上的钢
十万里长风呼啸
穿越遥远的死亡之海
鎏金的银壶被丝绸托举

一滴水穿石而过
泛滥成海。这动荡的黑暗
这恣意奔腾的潮汐之光
让生命丰腴而坚硬

无法给时间套上笼头，只有顺从
横亘的长河，请你见证——
马冲破马厩，沙葬送呼吸，水
摧枯拉朽。伤口上的花
是盛宴中最后的风景

花苞上的雪

雪落下来。纷纷扬扬
像赶赴一场迟到的约会
花苞上的雪，把花枝压得越来越低
我听见花苞轻微地呻吟

每一个花苞里，都有一个秘密
这是春天的一次意外，是赐予
是冰与火隔世的缠绵
是一种红与一种白的相思或妥协

幸福从来都是那么短暂
在错过的季节，我千里迢迢
以泪养你，以清白委身于你
以我干净的消失，挽留你
绝世的惊艳

西大滩

四十年虚设的命运在此安放
我知道匆忙的人群中
有我血脉相系的亲人

远行者已双鬓落霜
他用目光铺出一条归乡之路
一直向南，向南

西大滩。一只颠沛的鸟巢
被贫穷的日子剥离
让一股炊烟，在大荒升起

西边日落。大滩苍茫
一只鸟在千里之外口吐方言
一场大雪覆盖了遥远的归期

我的眸子装不下所有的思念和疼痛
十五月圆。乌云卷起的泪水
洒在一个名叫后沟的地方

西大滩，西大滩——
喊你的名字。我的梦里
有一盏灯，将为你彻夜点亮

靠 近

一棵树靠近另一棵树
这是前世的约定

没有人在意，戈壁深处
两棵树微微倾斜的身子

它们秘密的话语
风，听不懂

更多的时候
风和风，纠缠在一起
分不清，彼此的嗓音或哀伤

找到

在晃动的林子中
我找到了风

在时光的皱纹里
我找到一把刀子

在沉默的石头里
我找到一团蛰伏的火

在你的眼睛里
我找到一片忧伤的云

守 住

用一缕月光，过滤白天的
喧嚣和疲累，我多想
借助你的手指
将身体内的沉疴唤醒

饕餮的世界，流浪汉和酒鬼
把夜色虏为己有
灯光暴露的事物，又将
被灯光隐藏

我一无所有
守着最后一株麦子
告诉我的孩子：一粒种子
从分蘖、开花到结籽的秘密

泪水与汗水交织的时光
唯有我，白发徒增
唯有我深深地愧疚
在爱的日子里，秘而不宣

隐 喻

露珠碎开。甲壳虫重新上路
通向死亡的路多么漫长

天空被利器划破，露出荒芜
我有变幻的蓝色之梦
黎明的鱼群，丢下时间的鳞片

活跃在黑暗中的生物
在白天遁匿，它隐藏真相
在被遗忘的裂隙中，保全自己

我的孤独与谁相约
多余的谶言在一张白纸上
有谁看到了污浊的笔迹

青灯丈量的古刹，一块石头
像是有意模糊了
昔年的爱恨

门 槛

过了这道虚拟的门槛
你就是逍遥的人
你就是一片云，逐着风和雨
抵达大海和远方

零乱的影子被黑夜收容
阳光普照万物。过了这道门槛——
春天波光粼粼地等你
等你爱它，赞美它
并掀起时间芬芳的微澜

我仅有一件白色的斗篷
不足以抵御冬天
仅有一块冰，映照未来的同时
又消磨未来

隐秘的门槛，有疏离的美感
光线和阴影不断变幻
像橙子和苹果靠在一起

不混淆，不杂念，不争宠
你会一眼挑出惺惺相惜的那枚

我的门槛不低，也不高
有时是流水，有时是彩虹
你想来，便来
想走，我也不会挽留

门槛内外，是草木簇拥的春天
是烟岚浩渺的海水
该平静时平静
该动荡时动荡

中年之后，你可以忽略
一场雨与一场雪的芥蒂
一道隐形的门槛
是断崖，也是溪流
是凄艳的玫瑰，在唇上风干
是破雾穿云的光，交换
黑夜与黎明

睡前书

闭上眼，把心中的旧河山
梳理一遍

黑与白回归自身
爱与恨趋于平淡

花草顺应季节生长
低处的水，向更低处流

悖论让时空颠倒，让黑夜
亮如白昼

一杯水，一碗饭，三尺床
简浸的灯光泊着风尘的书卷

这就够了。入睡之前
我给梦预留了新鲜的缺口
它与坚硬的现实
隔着一层理想的窗户纸

戏中人

梦里穿越到前朝，做一回将军
滴水成海，撒豆成兵
马蹄踏遍万里江山

只是琴弦已断
甲胄上落满灰尘
羊皮鼓被风灌满，被雨水淋湿

响雷和闪电撕扯的天空
惊悚的鸟儿
在风雨的墓穴里祈祷

一面有裂纹的镜子
不做时间的辩护者
月光如斯。我是自己的观众
我又是谁的替身？

真 相

不需要眼泪、呻吟或尖叫
不需要在空白处
涂抹油彩

需要风，穿针引线
需要鸟鸣，擦亮天空
需要雨水折返的光，抹去
你脸上的忧郁

需要灯光揭开黑夜的盖子
真相在于——
一些消失的事物曾在梦中光临

花坛中的石头

再普通的石头，一旦摆上花坛
就成为花坛的一部分
显得与众不同

无花的季节，它裸露着
反倒是这种裸露，有了更深的
弦外之意

花枝乱颤中，它保持沉默
它的沉默与花的荡漾
似乎是一种避让或弥补

有了石头的花坛，更像是一座
真正的花坛。有人往往忽略了花
而对一块混迹于花中的石头
多了一份猜忌之心

追光

我追着你。寸步不离
我怕下一秒，你突然消失
而我，无法适应没有你的剧情

我追着你舞动的水袖
变幻的胭脂，爱与恨袅娜成烟
绵绵无期。光圈之外
传来早市清冷的吆喝

我追着你一念失足，青丝成灰
隔夜的泪水掩盖不了
虚设的玫瑰

孤独的舞台，我的影子
在月光中倾斜
你不知道，月光结成的霜有多重？

第四辑

被夜色一一接纳

时光啊，请饶恕这些孩子
今夜，他们同我一样
丢失了黑色的影子
在辽阔的土地上，最终将找到自己

黑 夜

慢慢舒展——
一块黑色的丝绸，把大地遮蔽
虫声沉寂。巨大的不幸或爱
在黑色中漂移

只有风是相似地
吹着梦中的蜜汁或惊悸
吹散荒芜，吹疼隐秘的伤口

黑夜的收容所里
万物有序地睡去或者醒来
一些人混迹于夜色，面目模糊
混迹于夜色，面目模糊

时光啊，请饶恕这些孩子
今夜，他们同我一样
丢失了黑色的影子
在辽阔的土地上，最终将找到自己

暗处

疼痛多了，就变得麻木
在黑暗中久了
就适应了黑暗

一定有一种动荡，被人忽略
那是草根秘密蓄积的力
是一滴水隐藏了黑色的风暴

在暗处，我们卸下面具
彼此流泪，舔舐伤口
把白天来不及说出的话
说给自己

生活的偷窥者，放下
绳索或镜子
自己给自己松绑

中年的忽略

平淡的正午，影子回归了自身
中年的一杯茶
沉淀了太多的世事
锅大，碗小，一样经不住
风暴的挟裹与摔打

剔除生活中的错别字
不需要太锋利的刀子
对花边新闻，我忽略了眼睛
对空穴来风，我忽略了耳朵
对一根刺的造谣中伤
我忽略了有限的愤怒

我的肉身浸泡了太多的盐分
我的骨头在疲累中喊疼
唉，不堪的中年
重的就变轻了
该放下的就放下了
我不会为一根草争夺过多的地盘

不会为一滴水，制造彩虹的谎言

过去的事就让它过去
不再刨根问底，喋喋不休
爱恨总在一瞬间
在忽略与退让中与生活周旋
每一天的太阳都是新的

与时光对峙

坚硬的事物，被时光噬咬
混迹于尘埃
而隐藏于内心深处的部分
冷不防，会让你疼一下

一根虚空的竹子，含着整片竹林
一支笔，唤醒了岩石上的鹰
一滴水在另一滴水的注视下
干净地消失。风是它们
秘密的信使

遍地的草，枯了一茬
又长出一茬。一个人错过了青春
衰老，是生活唯一的真相
仿佛记忆失去了水分

谁能对岁月说不——
地老天荒，星星的碎屑在夜空燃烧
渐渐弯曲的骨头
臣服于时光无底的深渊

颠沛

黑夜降下的一瞬，波光在抖动
失群的鱼垂死在岸上
仿佛完成了一项庄严的仪式

仓促的秋天，心照不宣的叶子
奔赴命运的墓床
灰烬里的余温
带着盛宴后的颓废或慵懒

风吹着荒凉，在秩序之外
野花摇曳
一潭水泛起波纹

我小心地活着
避开了石头的冷漠
却被秘密的草茎绊倒
在水与火的纠缠中，煎熬自己

多年以后

你会看到闪电伏在草尖的样子

忧伤而短暂

一如美丽，一触即碎

张弛之间

一列火车，不紧不慢
从一座城市驶向另一座城市
一粒种子，顺应着季节
在另一个春天复活

干完一天的活，在某个时刻
发呆，无所事事
找一块空白的地方
种植慵懒的雨水和阳光

漫不经心的风
吹绿了草地，吹黄了麦穗
也必定会吹疼骨头里的铁

昼来夜去，生活在张弛之间
不断变换姿势，有时
你要拧紧螺丝
有时，你要松开弹簧

像一块冰，化为春水
要么渗入土地
要么在空中蒸发

活着，边走边看
有时要慢下来
有限的悲欢，需要在心底
预留小小的空间

妥 协

他尚年轻，还没有学会妥协
向生活低头，对时间
交出底牌

他常常跌得鼻青脸肿
打着灯笼走路，斜着眼睛看人
守着爱情的疆域，孤独潦倒

日子不痛不痒。一个规则
颠覆了另一个规则
他内心的伤疤
被生活一次又一次揭开

它曾在黑暗中迷失
又在一滴泪水中，遇见自己

相 见

彼此握手，拥抱，寒暄
模糊的记忆，像浮在水面的叶子
一点一点荡漾

多年未见，徒生的白发
让时光瞬间衰老。一些话题
噎在喑哑的喉咙，不单是一朵云
替代了另一朵云

沉默像水一样滤漫
浸润着我们的思想
一条藤，患得患失
经历了自身的忧伤与疼痛

时间的境遇，让一些人自足
一些人，风光不再
另一些人，在生活的边缘
漂洗爱情或背影

孤独是一只小兽

在喧哗的中心安睡

一阵风穿过夜的荒芜

虚晃的泡沫，淹没了酒杯上的唇印

透支

滴水穿石，惊醒了一个
大白天做梦的人
身体上的花，垂下迟疑的阴影

光阴的绳索渐渐疲乏
失去弹力或韧性
时间的锁孔里沁出暗红的锈

黑蜘蛛修补欲望的网
透支金钱的人
在虚晃的酒吧里，模糊不清

有人透支了黑夜，变得
失眠，健忘。仿佛一枝玫瑰
拧干了梦中的水分

有人黑白颠倒，把爱当作伤害
在情感的风暴里
透支了泪水打磨的珍珠

青春是唯一的赌注
喂养虚荣的人，打翻了镜子
透支了真诚和宽容

我透支了时间
时间把我还原成一粒尘埃

制造一场风

日子平庸得像一块石头
失去棱角和温度
镜子里，容颜苍老
一场雪越飘越白

什么时候
我变得感官麻木，行动迟缓
跟着影子行走
在阳光的栅栏之外徘徊

制造一场风，让沉渣泛滥
让沙粒击打着我
让水中的莲花
不再贪恋尘世的赞美

我的房子岌岌可危
我的血管里，马蹄声声
一场风，突如其来
我是万千尘埃中的一粒
落在哪里，哪里便是故乡

雨 水

连日雨水。草又长高了一寸
大地像一个怨妇，披头散发
缺少阳光或抒情

矮墙下，一只蘑菇探头探脑
还有几只，一定在幽闭的地下呼吸
它们白得发亮
仿佛命运没有瑕疵

雨水顺应了时间的暗示
慵懒的绿在沉淀
你经过的小镇，悬浮在一滴水里
光影恍惚

屋檐下的女人，独自转身
她进门。出门。反复几次
黑暗伏下身子，犹豫的河水
正在暴涨

世界空旷，它遗忘了一些卑小
和孤独，遗忘了泪水
无法浇灭伤口上微蓝的火苗

清 扫

他弯腰挥动着扫帚
他在清扫。风又一次
把他的清扫化整为零

这样的事情经常发生
他只有小心地用力。顺着风
让扫帚匍匐前行

他不能直起腰杆。一辈子
他为这个城市弯下腰
卸下被汗水浸润的心

在黎明之前。在黄昏之后
他出没在大街上
出没在尘埃未定的夜色里

他是一个被时光遗忘的人
他清扫着城市的垃圾
风，清扫着他佝偻的身体

他不停地清扫
直到把自己的影子
扫进坟墓

水 尘

一位老人孤独的谢幕
仅仅溅起了一朵悲情的水花
涟漪散去，水面归于平静
仿佛什么也没有发生

春天，枯草正在复活
无辜的焦虑像火苗一样蔓延
无数只蚂蚁痛痒地噬咬
让白天比黑夜长，黑夜比一生长

夜色遮不住命运微弱的流光
他的灵魂追逐着星辰
肉体低于冰点
身不由己的老人，在一个深夜
被水声秘密地引渡

大地无言。一根草为他
树碑立传，一条呜咽的河
在惨淡的月光中
悄然隐退

被影子指正

活着，顾虑重重。一个失意的人
不同于草木
可以自己救赎自己

生活是一面凹凸不平的镜子
我仔细剔除每一处污点
还原镜子的清白

在文字的灶膛里
我不断地添加干枝枯叶
添加烟熏火燎的泪水
唉，一个浪迹者
愧对这个尘世的太多，太多

只有影子跟随着我
不离不弃，受尽磨难和屈辱
仿佛我的凌乱或衰老
早已被影子指正

以植物的名义

有时，不妨把自己当作一株植物
沉默地活着，柔韧地活着
风餐露宿地活着。活得简单，卑小
攫住一方泥土，不再追问
曾经的富有或贫穷

以植物的名义——
活着，不感到虚妄的崇高
死了，也不觉得渺小
逝者如斯夫，我们终将被时间之河
粉饰或蒙蔽

或许夭折，或许顺风顺水
只索取有限的阳光、雨水和掌声
流血，流泪，不出声
清风一袖，鸟鸣两粒。枯而不倒
倒而不腐。站在苍茫的大地上
看尽人间恩怨

以草的名义，拜伏大地
以树的名义，仰视星辰
不逃避什么，也不树碑立传
世俗的肉身会被风
一遍遍掏空

更多的是沉默

此刻，更多的是沉默
像一朵菊花沉入杯底，安于
最初的孤独

我已说得太多——
对着风说风，遇着雨说雨
用一枝玫瑰，取代一个秋天的哀伤

我偏执的文字，在白纸上
横七竖八。仿佛一堆干柴
等待着温柔的火星

在风雨中独行
在爱的碎片上雕琢爱
我一意孤行。对着镜子
虚构世间的因果或秘密

人到中年，幻想的宫殿瞬间坍塌
我只想有一间小小的房子

安放有限的愧疚和沉默

一块岩石在黑暗中，不寻求庇护
它在沉默中裸露
像我的墓志铭，秘而不宣

找故乡

地图上找不到故乡
沿着铁轨的方向找不到故乡
故乡那么遥远，远到模糊
远到一日三餐，味蕾麻木
远到我泪水打湿的汉字里
不见烟火

也许，那朵雨作的云下面
就是我要找的故乡
找到一个地名，再找到
与这个地名匹配的声音、色彩和味道
找到一条根，在黄土深处
如果一扯就疼，才算
找到了故乡

故乡是我的胎盘，贫穷，自尊
一副与世无争的样子
我亲人的坟墓在向阳的山坡
青草枯了又绿

就要遮住坟头了

我在另一方水土中呼吸
白天打工，夜晚常常忘记了做梦
可最近，我老是梦见故乡
梦见麦垛上又圆又大的月亮
梦见父亲，披着夜色
走在雪花飘洒的路上

父亲——我差一点就喊出了声
这隔世的离愁，让我在一座小城
为故乡牵肠挂肚
不孝的子孙，枕着月光入睡
却从来没有把故乡喊一声亲人

这么多年

在奔跑的生活中
一根草也许比我，更持久

一些随意的句子被我删繁就简
它们，要么被时光打磨
要么干净地消失
像一块铁沉入水底

这么多年了
我渴望的事情很少发生
风雨过后，大地凌乱
一片云飘出我淡淡的视野

我的头发渐渐稀落，我的笔
依然迟钝，我的牙痛没有减轻
我的睫眉上落着一层秋霜

这么多年了。我晚睡早起
借一盏孤灯照亮废墟上的文字

它们写下我的过去

又将记下谁的未来？

说着说着天就黑了下来

你说着自己
仿佛在叙述另一个人的遭遇
——平静、淡然
缺少修饰或慨叹

我却分明看见，风暴过后
残枝败叶落了一地

—— 一地的残枝败叶啊
裹住身世的丝绸粲然滑下
悲哀，无需用泪水作证

你说着说着，天就黑了下来
黑得自己都看不清自己

黑山羊

孤绝的攀岩高手
在一面羊皮鼓的蛊惑下
四蹄紧扣岩缝
做一次深呼吸之后的跳跃或侧旋

它健硕的肉身在夕光下
剧烈地抖动，血脉偾张
犀利的角，凝聚着不可抗拒的力
——不妥协，这勇武的利器
是放逐命运的一次绝配

乱石滚落深谷
被撞击的草木发出尖叫
一只黑山羊，正与岩石较劲
一团黑色的火，在夜幕的围困下
绝地燃烧

此刻，肯定有风
卷起它黑如丝绸的鬃毛

皮肤下激荡的河流
设下沉默如铁的旋涡

它的身影渐渐与夜色融为一体
仿佛镶嵌在岩石上
灵魂俯瞰着苍生
一座山，从此有了傲骨和灵性

在人间

他裹上树叶，兽皮。异于同类。
石头敲击石头
溅出人间自由的火花

漫长的时光隧道。
一个婴儿，在子宫中呼吸
做透明的梦
他的啼哭，惊动了万物

学会吮吸，摸索，借明亮的事物
为影子做参照
见风就长的孩子
他的羞耻源于对自身的认知

给自己一个姓氏
给露天的情爱一次永恒的遮蔽
给烟火，以轻描
和淡写

直至人间，这缤纷的苦难缓缓打开
彼岸的幸福
隔着蒺藜和风雨
需要几生几世的泅渡和抵达

夜空中炫舞的灰烬，被风吹散
替代者，在人间的废墟上
制造天梯

落在大地上的影子，如此凌乱
像一枚钉子卸下铁锈
奔赴一场浴火重生的盛宴

树，或者柿子

荒寂的秋天在举行最后的仪式
柿子树上，如果
还剩下两颗柿子
证明纠结还远远没有结束

秋霜落得正紧。大地越来越沉默
但挂着两颗柿子的树，不孤独
天空不孤独，黑夜
不孤独

温暖的橘红色，透着明亮的喜气
秋霜是压不住的
那是一团浓缩的火焰
有嚼劲有弹性的甜，给日子
埋下伏笔

像是有意的。两颗柿子
挂在光秃秃的枝条，被重新设计
有了弦外之音

它们用卑微的相守
摄取尘世的红和幸福的指数

它们的秘密在于被遗忘
又被反复提及——
清点它们的人是有福的
你看磨盘柿、莲花柿、耿饼柿、
牛心柿、干帽柿、铃灯柿……
哪一个不是手提灯笼，心怀慈悲

琳琅满目的秋天
一棵柿子树。两颗柿子惺惺相惜
几个风尘仆仆的人，在树下歇息
并不打算，惊动它们

身后是故乡

是我，远离了故乡。不是故乡
远离了我

如果某一天，我迷失于远方
迷失于城市拥挤的人群，迷失于
星光隐匿的夜晚，或者
忘记了五谷分蘖的疼痛
分辨不出方言里的乳香和姓氏
——我就是一个有罪的人

身后是苍凉，是光阴颠沛的故乡
转身时，你要忍住泪水
忍住血液里的轰鸣
忍住一地月光白白的忧伤

瓷片

1

在黑暗中跪倒时

我的影子，选择了

回避

2

时间的裂隙，长满了荒草

为剔除荒草

他耗费了更多的时间

3

我是石头，你是剪刀

一生彼此磨损

谁也不是谁的谁

4

天堂中没有他的名字

地狱里没有他的位置

他带着泪水的锁链，在人间

自由奔跑

5

在火焰中舞蹈

在刀刃上舞蹈

在浪花里舞蹈

美制造的灾难，无法复制

6

闷狗下口

钝刀杀人

7

身前是名利

身后是影子

你到哪儿去了？

8

清水洗尘

布衣远行

青海湖畔

素心如灯

9

你离开时

什么也没有带走。却把什么

都带走了

10

我多想，把那些弯曲的影子扶正

在我弯下腰的瞬间

大地铺开了无边的黑暗

11

一颗果子落在地上

其他的果子

不由得抱紧了自己

12

站台上

背靠背的人，眼中有

同一个远方

13

熟透的樱桃，暗香盈袖

在黄昏的枝头

预约谁的唇印？

14

穿着狐皮的女人
养着一只名叫狐狐的宠物

15

你戴着桂冠，躺在墓穴里
生前荒凉，死后繁华
——这一地的花都变白了

16

一棵树。从正面看
是一棵树，从背面看
仍是一棵树
它不像人，热衷于置换几副面孔

17

一棵树摇晃
两棵树摇晃
整个林子摇晃
风，早已不知去向

18

两个人擦肩而过

永不相见

他们的影子，在某一个瞬间

有过重叠

19

一朵玫瑰在夜间凋落

我庆幸，它的美

没有伤及到无辜

20

藤上垂下的苦瓜

有下坠之美

大地亦有承受之欢

21

黑暗中，我看不见

别人的脸色

我只看见了，我自己

22

楼上楼下

偷窥夜色的人

彼此陌生

23

你在伐树

却伐倒了整片月光

24

玻璃缸里的鱼

看到整个世界是透明的

25

这是他耗费一生要做的一件事

——把挖倒的墙脚

重新砌上

26

枯叶蝶在秋风中

埋葬了自己，它从不

惊耽世人

27

吹骨箫的人
把自己吹成一根瘦瘦的骨头

28

午后，一株木槿避开了喧哗
在自己的影子里
独自疗伤

29

山顶上的树，被雷电击穿
那是卑微者最高的墓碑

30

她抽取云端的丝绸
裹紧自己
抵御人世的闲言或碎语

31

红尘中的一次转身
不是伤害，便是缘分

32

拴马桩还在，马不见了

闪电还在

驱赶闪电的鞭子不见了

33

我要找的小镇不在地图上

那里的冬天并不冷

有你的小镇，下雪的冬天

并不冷

34

听智者说话

看艺人

耍猴

35

穿墙有术。

黑衣人盗走月光

那是受难者唯一的补丁

36

迷离的光影和气味。旋转的夜空

我不是唯一一个戴着面具
参加舞会的人

37
桂树被伐倒。月亮空了
有人在梦中惊醒
在暗处摸到了一把锈迹斑斑的斧子

38
我能卸下你脸上的油彩
却不能擦去你心底的灰尘

39
风一吹，心就荡漾起来
一枚忐忑不安的果子
把绿叶当作陪嫁，整个果园
炫耀着美的绝望或重生

40
回到拉萨
沿着仓央嘉措的诗
在红尘中寻找更深的孤独

41

非禽。非兽。

一只蝙蝠倒挂在岩洞

苦思冥想，为自己重新命名

42

内心有刺

就亮出来吧——

免得无辜的春天，处处设防

43

蜗牛爬上山巅

有了俯瞰的欲望

44

蛰居在树洞里的虫子是幸福的

它们囿于黑暗

却从未将黑暗，据为己有

45

我叫你小妖

发着光，带着刺的小妖

在一滴血珠里尖叫的小妖

你照亮了谁，又把谁轻轻地刺伤？

46

一把刀子。一只苹果
你的猜忌
让刀子生锈，苹果腐烂

47

打开酒坛，小酌一杯
春风太浅
肉身太重

48

再光滑的石头，也有棱角
有时藏入水中
有时隐于体内
——它不接受言语的蛊惑

49

永逝之日
贩卖私货的人将自己打包
却无处投送

50

我制造的废墟

安放着肉体的荒漠

后记

西西弗斯把一块巨石一次又一次推向山顶……他听不见隔世的掌声，他的脚印里灌满了汗水和风。在他身后，出现一幅宏阔、悲壮、亘古的时空背景，这一幕长久的定格，让人震撼、唏嘘……

时间是不容篡改的，正如一个人的命运，它承受的风雨、苦痛或幸福看似是一个变数，其实也是个定数。我们向往远方，习惯于站在日常之外，有意或无意地忽略了身边或当下，忽略了那些细碎的记忆或温暖——唠叨与埋怨，爱与恨，漂泊与归宿，善与恶的撕扯与纠缠……由此滋生的梦恍惚而破碎，像是命运的投影。

文字触摸的正是那些被忽略的部分，这是文字对人的恩典！世间是嘈杂的，也是孤独的，而温情、悲悯总会在万物的碰撞与避让中得以弥漫。

被忽略的部分，大地替我们收藏！是它，让我们与世界贴得更近。

而诗歌本身，已显得微不足道。

郭静　庚子之夏